Kanfilamena Jɔnjɔn

Kan'a to tiɲe ka do i ni maana duman ce

African Legends

Copyright Notice

© Jessy Carlisle 2022
Except as provided by the Copyright Act 1968 (Australia), no part of this publication may be reproduced and/or communicated to the public without the prior written permission of the publisher.
All Rights Reserved

ISBN 978-1-922758-35-4   Waraba ka sanu bɛɛlajɛni: Mansa Musa ka Tariku
ISBN 978-1-922758-30-9   Waraba ka sanu bɛɛlajɛni: Mansa Musa ka Tariku (digital e-book)
Bambara Title: Waraba ka sanu bɛɛlajɛni: Mansa Musa ka Tariku
(Latin script)
Bambara Title: ߡߊߦߌߓߊ ߞߊ ߛߊߣߎ ߓߍߟߊߖߍ : ߕߊߙߌߞߎ ߞߊ ߡߎߛߊ ߡߊߣߛߊ
(N'ko script)
Languages: Bambara (Latin script)
                                 Bambara (N'ko script)

Publisher: Michael Raymond Astle
Printer: Ingram Spark
Locations: Melbourne, Australia
                                 Milton Keynes, United Kingdom
                                 Breinigsville, Pennsylvania, United States of America
                                 Jackson, Tennessee, United States of America
                                 La Vergne, Tennessee, United States of America

Author: Jessy Carlisle
Illustrator: Zoe Illustrator
Translators: Ousmane Traoré
                                 Oumou Doumbia
Translation Editors: Ousmane Traoré
                                 Lamine Konate
Final Bambara Translation: Ousmane Traoré
N'ko Transcriber: Oumar N'Ko
Binding: Paperback - Perfect Bound
Target Audience: Juvenile
Subjects: *Juvenile Nonfiction: Foreign Language Study: General*
                                 Juvenile Fiction: Readers: Intermediate
                                 Juvenile Fiction: Historical: Africa
Thema Subjects: *YFT*   *Children's Fiction: Historical Fiction*
                                 YFX   *Children's Fiction: Biographical Fiction*
                                 YFY   *Children's: True Stories Told as Fiction*
Thema Qualifiers: *1HFDM*   *Mali*
                                 2HC   *Niger-Congo Languages*
                                 3KLWB   *Early 14th century, c 1300 to c 1350*
                                 4CD   *For Primary Education*
Regional Subject: *Mali*
Publication year: 2022

Disclaimer: All efforts to ensure any factual information supplied in this publication was correct at the time of publication. Such information may not continue to be accurate after publication.

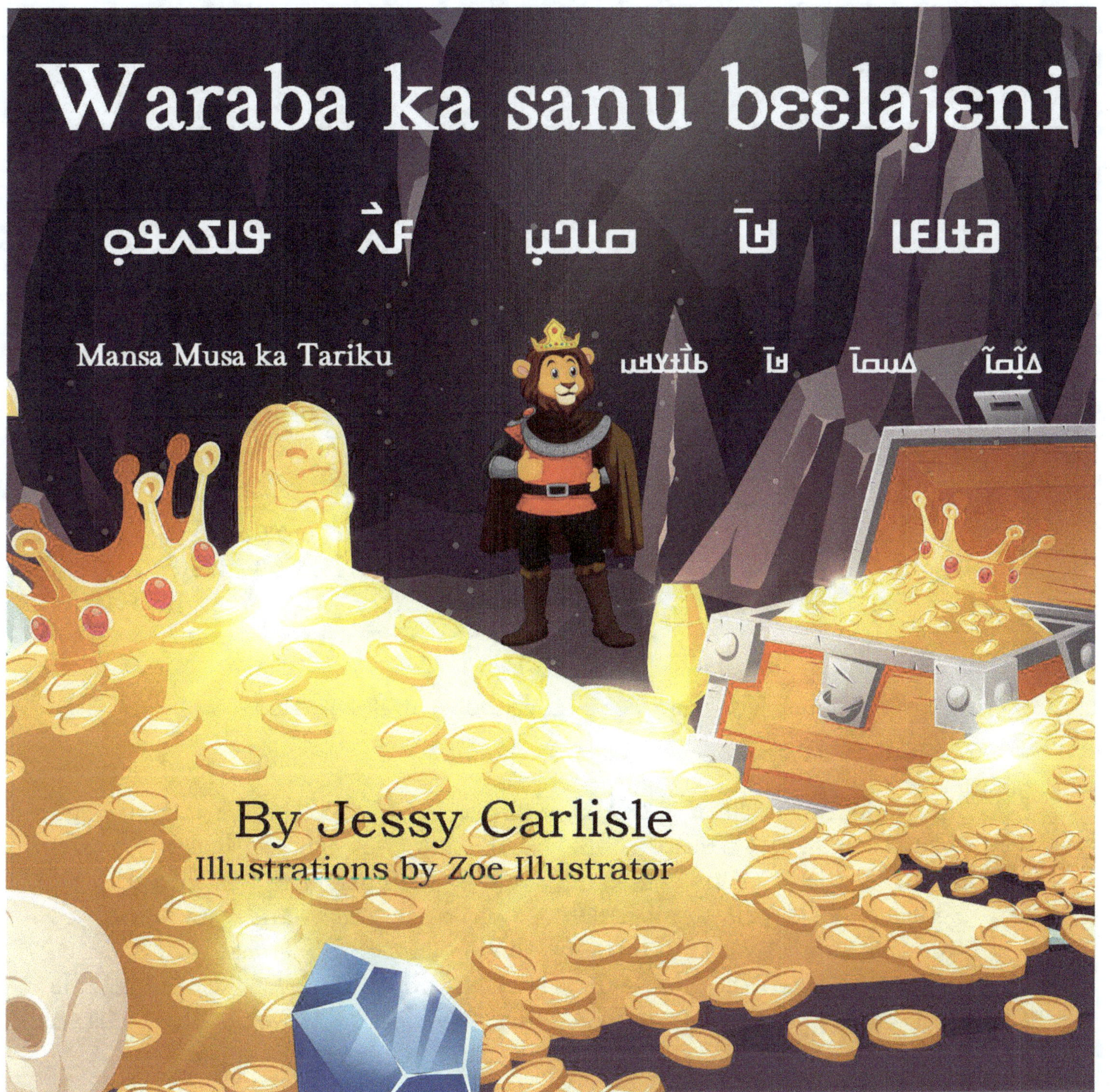

Waraba ka sanu bɛɛlajɛni
Mansa Musa ka Tariku
By Jessy Carlisle
Illustrations by Zoe Illustrator
Dedicated to all who give alms.

Dɔn kelen, masakɛ waritigi ba dɔ kun beyi.

Dɔw ko ko Mali Waraka ka waari kun ka ca ka se cogola fo ali n'i kun ye diɲɛ natafolitigiba tan ka waari fara ɲɔgɔn kan, a kun be caya nin o bɛɛ ye.

Nka, a kɛra nafolotigiba ye cogodi?

San cama tɛmɛniw kɔnɔ, Mali Jaamana Masakɛw kun ye kɛlɛ camaw kɛ, ani kun ye dugukolo cama sɔrɔ. Nka, u ka masakɛw sugandi cogo kun ma jɛya kaɲɛ. Yani a ka masakɛ fukulan di a den cɛ kɔrɔbalen ma, Mali Masakɛ ye nɔna bila sugandi ka jamana mara waatimina nin a kun be fɛka ka ta taamana fan dɔ fɛ. Nin a kun mana waati kofɔlen na, nɔnabila kun be kɛ masakɛ kura ye, walima inafɔ u kun be a wele cogomi, ko Mansa.

Dɔn dɔla sisan, Mansa Qu kun y'a miiri ka Atilantiki kɔkɔji tigɛ. Kurun tigi dɔ ye a ladi ko ale bonɛra a ka kurun 200 la siyɛn laban mina ale kun be fɛka o kɛ. Nka Mansa Qu mason ka o lamɛ. Mɔgɔw bɛɛ kun ko ko Atilantiki kɔkɔji be taa diɲɛ fan bɛɛ fɛ, nka a kun be fɛka a jira ula ko o tɛ tiɲɛ ye.

A ye mɔgɔ dɔ sugandi min tɔgɔ ye Musa ka kɛ a ka nɔnabila ye waatimina nin a taara tamana. Komi mɔgɔ bɛɛ kun y'a miiri ko Mansa Qu kun tɛna segin tuguni, o ma sanka jan sɔrɔ yani u ka Musa weleli daminɛ Mansa Musa.

Mansa Musa ye ɲeɲinilikɛlaw baden ci walasa ka cama dɔn dugukolow kan a beka minunw mara sisan.

"Oo Mansa Musa Waraba ba, Mali Masakɛ ani Jaamana in bɛɛ Masakɛ", ɲeɲinilikɛla dɔ kote. "Ne ye sanu sɔrɔ i ka dugukolow la!"

"O ɲena", Makakɛ kote. "Ne ka jaamana mako be waari ka ɲeɲinilikɛlaw bɛɛ sara. I ye baara kɛ ɲe kaɲɛ kosɛbɛ. M'bena baarakɛla dɔw d'ima ka ta sanu ta. A ɲinin ka dɔn sanu hakɛya min be yen."

Tumamina u ye digen sen daminɛ, a yera kafɔ u kun mako bɛ baarakɛla wɛrɛw la kana u dɛmɛ. Sanu kun ka ca fo u kɔnɔ ko a tɛna ban fiyen fiyen wun.

Masakɛ ye ɲɔgɔmɛw di a ka baarakɛlaw ma ka sanu bɛɛ dɔni kabɔ sanubɔyɔrɔla kana a ka sɔkɔnɔ magazɛn kɔnɔ. Nka ale dɔrɔn kun tɛ sanu in nɔfɛ.

"Muna i mana jɔna bi?", Masakɛ y'a ɲininka.

"Oo Waraba", barakɛla y'a jaabi. "Tumamina anw kun be kana nin
sanu ye kabɔ sanubɔyɔrɔla, bingalikɛraw cun na anw kan ani ka
anw ka ɲɔgɔmɛ dɔ sunyɛn. Olu bɛɛ kun beka sanu cama dɔni u kɔla.
Bingalikɛraw y'i ka baarakɛla dɔw faga, nka anw ye kɛlɛkɛ ani k'u
gen ka taa."

"O ye kibaruya jugu ye", Masakɛ kote. "Ni bi bɔra ala, kɛlɛkɛlaw
bɛna mɔgɔ bɛɛ ka lakana sabiti minunw beka bɔ sanubɔyɔrɔla.
Jaatiminɛna, hakilina ɲuman ba dɔ bɛ m'fɛ ka fɔ."

"I jɔ!", kɛlɛkɛla y'a fɔ taamakɛla ma. "Mali Masakɛ ye kɛlɛkɛlaw bila nin siran in kan walasa ka bɛɛ lajɛni lakana. Nka bingelikɛraw bɛ nin sira dɔni kan. Taa sira fɛ min mina ja i ye."

"Ne hakilila m'bena ta sira lakanalen fɛ", taamakɛla y'o fɔ. " Ne ye jagokɛla de ye, ola n'tɛ fɛka bɔnɛ foyisi la." Nka, tumanina a sera Tombouctou, a kabakoyala dɔni.

Nisongon minɛna ko, "I bisimila Tombouctou kɔnɔ". "Yani i ka dɔn dugu kɔnɔ, Masakɛ ye a laɲinin ko taamakɛlaw bɛɛ ka nisongon dɔ sara. M'bɛ yan walasa ka fo i ye i bena nisongon hakɛ min sara. Walasa bin kana kɛ i kan, Nisongon bena jaati ka da fɛn minunw bɛ i bolo dɔron de kan. Ola, m'be fɛka fɛn minunw bɛ i bolo bɛɛ ye."

"Nisongon bey'an wa?" feerekɛla ye ɲininkali kɛ. "N'kun tɛ foyi kalama o la. Nka, basi teyi. Ola, nin a be kɛ tiɲɛ kan, m'be nisongon sara o ka fisa ni bingalikɛlaw benɲɔgɔnyali ye. N'kɔni b'a don ko nisongon minɛla dɔ tɛna n'faga ka sɔrɔ a ma n'ka waari ta."

Mansa Musa ye kɛlɛkɛcɛ cama wɛrɛw ci ka bingalikɛlaw gen ani ka feerekɛla wɛrɛw ci ka ta Tombouctou. Ola dɔn kelen, a ka kɛlɛkɛcɛ dɔw ye sanudigen belebele ba dɔ wɛrɛ ye.

Masakɛ ko a ka kɛlɛkɛcɛw ma ko "A ye baara ɲuman kɛ". "Aw bena kɛ n'ka sanudigen kura ɲemɔgɔw ye. A bena kɛ inafɔ aw ka baara ɲuman sara. Aw ye waari in dɔ ta ka so jɔ aw yɛrɛ ye ani aw ka den-bayaw. Aw ye sanu tɔ ci ne ma, ani m'bena cogobɛ kɛ walasa aw ka sara kaɲɛ."

Sanw beka tɛmɛ cogomina, kuma carila ko Tombouctou taali lakana neno. Feerekɛla camabadenw ye o sira ta, ani u kelen kelen bɛ kun be nisongon sara Mali Waraba ye. Jaamana yiriwara kosɛbɛ bari sisan, bɛɛ beka balo ani ka baara kɛ hɛɛrɛ kɔnɔ.

"Nin feerekɛlaw bɛɛ kaɲi ne ka jaamana ma", Masakɛ kote. "M'be seka mun ne kɛ walasa feerekɛla camaw kana yan ?"

"Masakɛ", a denkɛ Maghan y'a jaabi. "Feerekɛla fɛnw fɛn be cɛncɛn tigɛ worodugu yanfan fɛ bɛɛ be nisongonw sara Tombouctou. Nka minunw be cɛncɛn tigɛ kɔrɔn yanfan fɛ b'u ka nafolo sɔrɔ Izipiti le".

"Awo". Masakɛ kote. "An kan ka fɛn kɛ min be u hakili yɛlɛma."

"A fɔ bɛɛ ɲenɛ ko sɔni m'bena ta hiji la Makan. M'be fɛ n'ka maaraden sankalenw bɛɛ kana nin u ka jɔnw ye." U bɛɛ kan ka fini suyalama dɔn ka jira cogomina waari bɛ anw kun. Nka e kan ka to yan inafɔ ne ka nɔnabila. Izipiti taa sira kan, m'bena jaga di fantanw ma. A ye ɲɔgɔmɛ lankɔnlɔnw dɔni sanu bɔɔrɔw la u be se minunw kɔrɔ. Anw kan ka jira Izipiti kaw la cogomina waari be Malila."

Waaritigi duw kun bɛ k'u ka fini suyalamanw do tumamina, jɔnw kun beka ɲɔgɔmɛw dɔni. O kɔfɛ, u mako kun be ɲɔgɔmɛ wɛrɛw la ka u ka dagaw, dumunikɛ minunw, sɛbɛnw ani fɛn wɛrɛw dɔni. Nka Mansa Musa y'a kɛ cogobɛ walasa dumuni ka bɛɛ bɔ.

Farafina kɔkɔdugu yanfan cɛncɛn kalama tigɛli be waati jan ta. Jɔnw ninunw taamana inafɔ juru jan kelen bari Masakɛ kun be fɛ ɲɔgɔmɛw bɛɛ ka sanu cama ta. Olu kun ka ca cogola i b'afɔ k'u kun tɛna ban. Jɔn minunw kun bɛ ɲɛfɛ kun tɛ seka ali minunw kun be kɔfɛ ye. Nka u bɛɛ sera ka ta Izipiti.

Izipiti ka dɔ ye ɲininkali kɛ ko, "I bena sanu waarimisɛn fila minɛ ka jɛgɛ di wa?"

Feerekɛla y'a jaabi ko, "M'be saba de fɛ."
O waatinina dɔrɔ, mɔgɔ dɔ nana nin a pɔsi fani ye sanu na ka o bɔ ko bɔn feerekɛtabali sanfɛ.

Izipiti ka y'a ɲininka ko, "E ye nin bɛɛ bɔ min?"
O kɔfɛ, u ye buru fiyɛ mankan mɛn.

Maliyen dɔ kulola tumamina a beka gɛrɛ wokɔnɔna ko, "Sanu
fulama ka di bɛɛ ma! Sanu Fulama ka di bɛɛ ma!   "Seli Mali Masakɛ
ye, Wangara sanudigenw Tigi. A ye jaga di fantanw bɛɛ ma. Sanu
fulama ka di bɛɛ ma!"

Cɛ y'a jaabi ko, "Ne ye a sɔrɔ yan fɛ." Ola, a ye sanu cama bɔ tuguni
a dufa kɔnɔ. "Ma delika Mali tɔgɔ mɛ, nka a mana kɛ yɔrɔw yɔrɔ la,
sanu cama ba bɛ sɔrɔ yen. Sisan, i be joli ɲinin jɛgɛ in na?"

"M'be sanu waarimisen bisaba de kɔ nin jɛgɛ in na", feerekɛla ye a jaabi.

"I kun ma fɔ ko i be saba dɔrɔn de fɛ wa?", Izipiti ka y'a ɲininka.

Feerekɛla ko, "O kun ye yani nin Masakɛ nafolotigi in kana." Sisan m'be cama de fɛ."

"O tɛ benkan ye", mɔgɔ fila minunw be jɛgɛ nɔfɛ bɛɛ kote."

"Nka sira tɛ ola", feerekɛla ye u jaabi ni o ye. "Nin sanu cama be mɔgɔw bolo, u bena waari sara nin ne ye min fɔ."

Tumamina Mansa Musa kun bɛ Arabu jaamana kan, a ye hijikɛla cama wɛrɛw benɲɔgonya kabɔ jaamana wɛrɛw la. Hijikɛlaw kun beyi minunw bɔla Ɛsipaɲi, Pɛrisi, Azani, Ɛndujaamana ani dugu cama wɛrɛw kɔnɔ.

Hijikɛla dɔ ye ɲininkali kɛ ko, "Nin cɛ sanu tigi ba in ye joni ye?"

Hijikɛla wɛrɛ ye a jaabi ko, ""Mali Masakɛ do." "A be ka taa diɲɛ munu munu walasa bɛɛ ka dɔn kafɔ a ka nafolo ka ca foka se hakɛ mina."

"Wawu! I hakilila a be sɔn ka anw ka feerefɛn dɔ san wa?"

"Nin hijiden ninunw bɛɛ nin u ka kuma kɛ cogo, fini dɔn cogo, ani tobili kɛ cogo do.", Mansa Musa ye o fɔ a yɛrɛ kɔnɔ. "Lala, u bɛɛ ni u ka sojɔ cogo dɔn fɛnɛ. N'hakilila n'kan ka Masakɛso kura jɔ. M'beka ɲɛrɛ ɲininka ni u dɔw bɛ son kana Tombouctou?"

Masakɛ ye a fɔ a ka jɔnw ye k'u ka sojɔlaw ɲinin kabɔ diɲɛ fantani naani bɛɛ fɛ ani ka sanu di u ma walasa u kana a ka masakɛso kura jɔ.

Kalo dama damani tɛmɛni kofɛ, a taa tɔla Maka, Mansa Musa tɛmɛna Izipiti fɛ tuguni.

Mɔgɔ dɔ kulola ko, "A filɛ ni ye tuguni!" "Sabali, i ka sanu taga taa!"

Mɔgɔ wɛrɛ kulola kafɔ ko, "I kun ye sanu cama baden di anw ma"
"Mɔgɔsi tɛ seka sanu waarimisen kɛmɛ saba ta ka jɛgɛ san tuguni.
Sabali, an dɛmɛ. I ka sanu taga ta Malila."

Mɔgɔ wɛrɛ ye a ɲininka ko, "Masakɛ, ne be seka tugu i kɔ wa?"
"Ne ye sojɔla de ye, nka Izipiti sow bɛɛ kɔrɔla. U tɛna to n'ka
sosuguya kura jɔ tuguni. Nka nafolitigi jaamana inafɔ e ta ɲɔgon
mako bɛ sojanw cama de la."

Waraba ye a jaabi ko, "Ni i be seka sanu dɔ doni, i be seka tugu
anw kɔ."

Tumamina u segin na kana Mali la, sojɔlaw y'u kɛ baara kan. U bɛɛ ye baara kɛ walasa ka masakɛso kura jɔ Masakɛ ye.
Tumamina u tilala, a y'u bila ka kalansosuguya kuraw jɔ duguw kɔnɔ jaamana fan bɛɛ fɛ.

U ye ali Sankore sanfɛkalanso jɔ. Ni gafew ye minunw ka ca ka ni miliyɔn ye, o de kun ye Farafina gafemarayɔrɔ soba ye kabini Alexandiri Gafemarayɔrɔ soba Izipiti kɔnɔ.

Tumamina Mali jaamana kun beka sinsin kalanko kan,
dugu dɔw ye banbanciya walew daminɛ,
ani jaamana wɛrɛw y'a daminɛ ka ben Mali kan.
O kɔrɔ ye ko nin nafolotigi jaamana tora ka ben dɔni dɔni.

Min kɛra Mansa Musa ka diɲɛlatigɛ laban waatila ma seka dɔn. Mɔgɔsi tɛ a dɔn cogomina ani waatimina a sara. Nka a kun balolen waatimina, a kun dɔnlen kosɛbɛ fo a jaa dɔ kun bilara Muwayen Azi katiri ba sanfɛ min tɔgɔ kun ye ko Catalan Atlas. O bɛ a sigini jira a ka masakakɛ golo kan, masakɛ fugulan sanulama bɛ a kuna ani sanu beereni dɔ be a bolo.

Questions

1) Que feriez-vous si vous étiez aussi riche que Mansa Musa?

2) Que pensez-vous qu'il est arrivé à Mansa Qu?

3) Pensez-vous que c'était bien pour le mareyeur de changer ses prix?

4) Comment la carte de la dernière page se compare-t-elle à l'Atlas catalan?

5) Si vous avez écouté le livre audio en bambara, quel instrument jouait en arrière-plan?

6) Avez-vous déjà fait un pèlerinage ? Si oui, où êtes-vous allé et qu'avez-vous vu?

7) Comment pensez-vous que le cheval du roi s'est senti tout au long de l'histoire?

8) Si vous aviez le choix entre payer des impôts ou affronter des bandits, lequel choisiriez-vous?

9) Quelles langues étaient parlées dans l'Empire du Mali à l'époque de Mansa Musa?

10) Comment décririez-vous Mansa Musa à quelqu'un qui n'en a jamais entendu parler?

11) À quoi cela ressemblerait-il de voyager du Mali à La Mecque et retour?

12) Si vous pouviez donner un autre titre à ce livre, comment l'appelleriez-vous?

13) Le Mali est-il encore aujourd'hui un pays riche ? Sinon, qu'est-il arrivé à tout son or?

14) Comment les collecteurs d'impôts calculeraient-ils le montant d'impôt que chaque personne devrait payer?

15) Qu'est-ce que les gens peuvent apprendre à l'Université de Sankoré aujourd'hui?

16) Dans quelles autres langues ce livre est-il disponible?

17) Quelles autres langues utilisent l'écriture N'ko?

18) Combien y a-t-il d'animaux dans ce livre?

19) À quoi ressemblait le drapeau de l'Empire du Mali à l'époque de Mansa Musa?

20) Si vous vouliez que quelqu'un fasse des images pour votre livre, demanderiez-vous à l'illustrateur de ce livre?

21) Si vous étiez architecte, comment convaincrez-vous Mansa Musa de vous embaucher?

22) Imaginez que vous étiez un musicien vivant à l'époque de Mansa Musa et qu'il vous demandait d'écrire un hymne national pour son Empire. Que diraient les paroles de cet hymne?

23) Combien d'autres empires africains peux-tu nommer?

24) Souhaitez-vous que Mansa Musa visite votre lieu de résidence? Que feriez-vous s'il le faisait?

25) Pensez-vous que la femme de Mansa Musa a vécu une vie heureuse?

26) Quels autres produits étaient considérés comme importés et chers à l'époque?

27) Comment écririez-vous votre nom en écriture N'ko?

28) Selon vous, qu'est-ce qui est le mieux, la couverture de ce livre ou sa page de titre? Si vous deviez en faire une nouvelle couverture, à quoi ressemblerait-elle?

**651
Japonaise**

**Afrikaans
331**

From Sailor to Samurai:
The Legend of a Lost Englishman
ISBN 978-1-922758-65-1

Grandpa's Big Knees:
The Fishy Tale of El Tabudo
ISBN 978-1-922758-44-6

My Sister's Love to Me:
The Legend of Rachel de Beer
ISBN 978-1-922758-33-0

All the Lion's Gold:
The Legend of Mansa Musa
ISBN 978-1-922758-34-7

Bilingual Legends

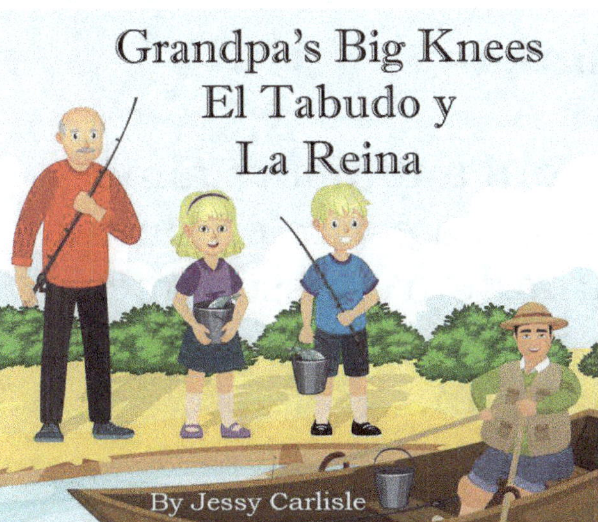

**441
Espagnole
(El Salvador)**

**Anglais &
Bambara
(L'écriture
N'ko)
343**

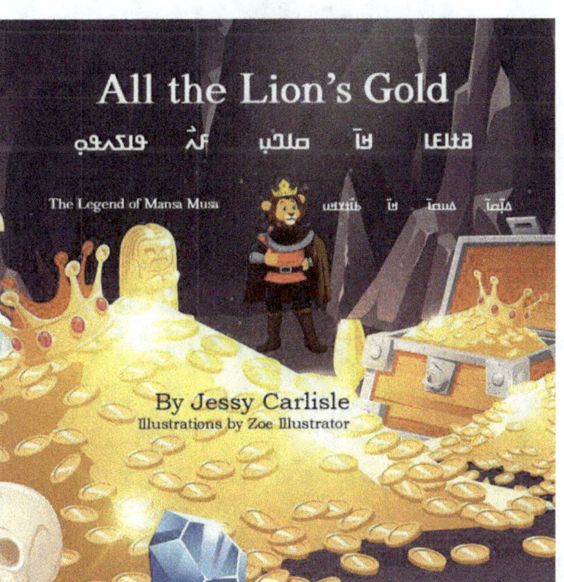

À Propos des Légendes Bilingues

La série Légendes Bilingues utilise le mot «légendes» au sens large du terme.

Tout au long de la série, les histoires sont principalement basées sur des histoires vraies, mais comme on dit, certaines légendes sont plus vraies que d'autres. Certains n'ont que de petites erreurs ou quelques petits mensonges pour voir qui fait attention.
D'autres racontent d'énormes porkies!

Pouvez-vous repérer les mensonges dans cette histoire?

A Propos de l'Auteur

Jesse est un écrivain australien qui a toujours aimé raconter des histoires mais a commencé à écrire en tant que poète. Si vous envisagez de devenir auteur, Jesse aimerait vous encourager à ce que, si vous êtes prêt à faire l'effort, vous puissiez en être un.

À Propos de la Traduction

Les traducteurs de ce livre ont reçu le texte avant la révision finale. Cela signifie qu'il pourrait y avoir des différences entre le texte anglais et le texte traduit.

De plus, les deux livres audio bambara étaient basés sur des projets de textes. Si vous pouvez comprendre plus d'une forme de l'histoire, quelles différences pouvez-vous trouver?

Écoutez le livre audio sur...

https://mysoundwise.com/
publishers/1646840937131p

https://mysoundwise.com/
soundcasts/1647027689048s

https://mysoundwise.com/
soundcasts/1647006094489s

https://mysoundwise.com/
soundcasts/1647004237363s

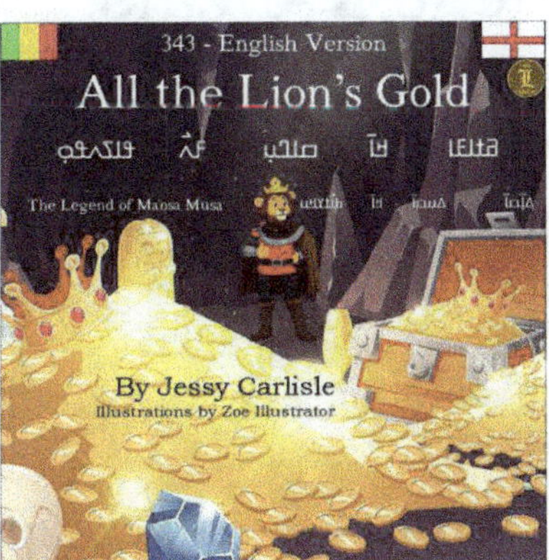

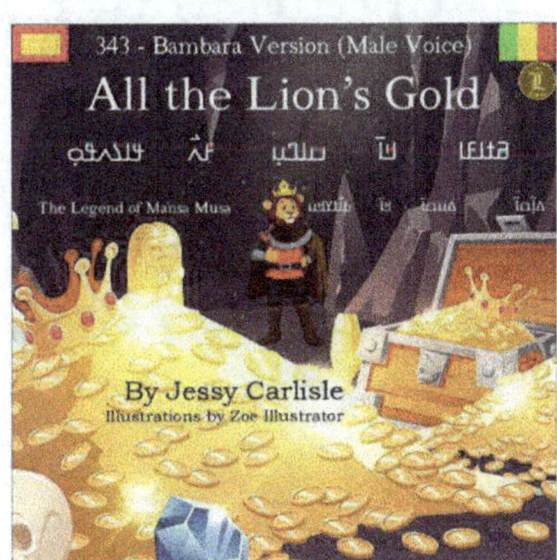

App disponible sur Android et iPhone

Un Message du Traducteur en Chef

Conscient de l'importance de la communication dans un monde globalisé, notre objectif principal est de faire tomber les barrières linguistiques entre les différentes entités pour faciliter les échanges entre elles. Pour cela, nous construisons un pont entre organisations, entreprises, personnes et individus grâce à notre langage unique, efficace et hautement competitive des prestations adaptées à vos besoins. Nous permettons à différentes parties de communiquer efficacement et de libérer leur potentiel grâce à un pool hautement qualifié de formateurs, traducteurs, interprètes, sous-titreurs, transcripteurs, relecteurs et des écrivains qui sont tous des locuteurs natifs dans leur langue et qui ont également plusieurs années d'expérience dans leur différents domaines. Ainsi, nous fournissons des services linguistiques dans toutes les langues d'Afrique de l'Ouest, plus précisément dans la langue du Mali, et certaines des langues européennes telles que le français, l'allemand, le russe et l'anglais.

Ainsi, avec OT Consulting LLC,
le monde est à portée de main.

~ Ousmane Traoré
www.otconsulting-llc.com

Aussi par Jessy Carlisle

Finding Small One

(ISBN: 9780994179906)

Small One est à la recherche de ce qui est vraiment important dans la vie, mais vous pourriez être surpris de découvrir la véritable identité du personnage principal!

Poet Tree Book

(ISBN: 9780994179913)

La première publication de poèmes de Jessy Carlisle, y compris la pièce emblématique «A Tree's Lament».

La poésie de Jessy Carlisle peut également être trouvée dans:

We'll Be Famous When We're Dead par Symposium Poetry Society

- page 61

Opal Shores : Anthology of Verse par Sharon Steward (éditrice) - page 44

Publicité de l'Éditeur

Play Traitor Chess
par Issachar Saberhagen
(ISBN: 9780994179920)

Et s'il y avait des traîtres sur l'échiquier?
Et si les soldats suivaient parfois les ordres de l'autre roi?
Dans Traiter Chess, ça arrive!
Apprenez à jouer avec ce guide rapide des règles de base et quelques variantes.

Building Saint Tabitha's House
par M. R. Astle & les enfants de La Maison Sainte Tabitha
(ISBN: 9780994179975)

Ce livre a été créé pour aider à collecter des fonds pour un orphelinat grec orthodoxe au Kenya. Il s'agit principalement d'un livre photo, mais les images sont accompagnées de quelques commentaires connexes, des pensées et des sentiments des enfants, de lettres et d'expressions de gratitude. Dans l'ensemble, cela montre la croissance d'une communauté aimante.

Donner un Livre

Si vous avez aimé ce livre, pensez à en faire don à une personne dans le besoin, à une école ou une bibliothèque locale ou à l'une des organisations caritatives suivantes:

Books For Africa Warehouse
1491 Cobb Industrial Drive,
Bldg B
Marietta, GA 30066
USA
(Ph: 404-603-8680)

Ghana Book Trust
PO Box LG 536
Legon, Accra
GHANA
(Ph: 0302-971845)

Nomadic Schools
PO Box 1204 -70100
Garissa
KENYA

Biblionef
4 Central Square
Pinelands, Cape Town
SOUTH AFRICA
(Ph: 021-531-0447)

SABEC - State Library
PO Box 397
Pretoria, 0001
SOUTH AFRICA
(Ph: 27-12-21-8931)

Children's Book Project
3433 21st Street
San Francisco, CA 94110
USA (Ph: 415-665-6315)

Book Aid International
39 – 41 Coldharbour Lane
Camberwell
London SE5 9NR
UNITED KINGDOM
(Ph: 020-7733-3577)

Books in Homes
1767 Botany Road
Banksmeadow, NSW 2019
AUSTRALIA
(Ph: 02-9434-2488)

Lubuto Library Partners
P/B E835, BOX 112
Lusaka
ZAMBIA

Books for Lesotho Inc.
8 Alma Street
Panorama SA 5041
AUSTRALIA
(Ph: 0476240700)

Buk Bilong Pikinini
Level 1, Pod 1, The Factory,
Munidubu Street
Konedobu, Port Moresby
National Capital District
PAPUA NEW GUINEA
PO Box 3173 Boroko
(Ph: +675-340-4963)

African Library Project
19 Mantua Road
Mount Royal, NJ 08061
USA (Ph: 856-292-5119)

Books2Africa UK
Unit 2, Barton Business Park
New Dover Road
Canterbury, Kent, CT1 3AA
UNITED KINGDOM
(Ph: 01227-392-239)

Bower Reuse & Repair Co-Op Ltd.
142 Addison Road
Marrickville NSW 2204
AUSTRALIA
(Ph: 02-9568-6280)

Aboriginal Literacy Foundation
7 Eyre Street
Ballarat Central, VIC 3350
AUSTRALIA

Lutheran Community Care
55A Gap Road
Alice Springs, NT 0870
AUSTRALIA
(Ph: 08-8953-5160)

The Mission to Seafarers
717 Flinders Street
Docklands VIC 3008
AUSTRALIA
(Ph: 03-9629-7083)

International Book Project
1440 Delaware Avenue
Lexington, KY 40505
USA (Ph: 859-254-6771)

www.ingramcontent.com/pod-product-compliance
Lightning Source LLC
Chambersburg PA
CBHW082128180726
48291CB00010B/2777